De: ....

Para: ....

Por ocasião de: ....

....

....

....

BÍBLIA
DO
MENINO

BÍBLIA DO MENINO

Histórias inspiradoras para crianças de fé

Apresentação de Pe. Antonio José
Ilustrações de Elisabeth Teixeira

petra

PETRA EDITORA
Rua Candelária, 60 — 7º andar — Centro — 20091-020
Rio de Janeiro — RJ — Brasil
Tel.: (21) 3882-8200 — Fax: (21) 3882-8212/8313

CIP-BRASIL. CATALOGAÇÃO NA PUBLICAÇÃO
SINDICATO NACIONAL DOS EDITORES DE LIVROS, RJ

B477

Bíblia do menino: histórias inspiradoras para crianças de fé / organização Petra; apresentação de Antonio José; ilustrações de Elisabeth Teixeira. – 1. ed. – Rio de Janeiro: Petra, 2019.

: il.

112 p.

ISBN 9788582781593

1. Histórias bíblicas. 2. Literatura infantojuvenil. I. Antonio José. II. Teixeira, Elisabeth.

19-57629 CDD: 808.899282
CDU: 82-93

Vanessa Mafra Xavier Salgado - Bibliotecária - CRB-7/6644

11/06/2019 11/06/2019

Sumário

Apresentação

Ensina à criança o caminho que ela deve seguir; mesmo quando envelhecer, d'Ele não há de se afastar (Pv 22, 6).

Prezado irmão, querida irmã,

Você está prestes a colocar nas mãos de seu filho (ou seu neto!) um presente muito especial. Ao oferecer para ele uma Bíblia numa época em que há uma infinidade de informações e estímulos muito atraentes, você estará abrindo um mundo novo diante de seus olhos e seu coração. As narrativas bíblicas exercitam a imaginação, alimentam o otimismo, apresentam modelos e inspirações a serem seguidos. Acima de tudo, permitem à criança entrar num mundo onde confiança e fé transformam o olhar e as expectativas sobre a vida. Nós, que já somos adultos, sabemos por experiência própria o quanto todas essas coisas são importantes nos momentos decisivos de nossa existência...

O livro de Provérbios afirma que o caminho ensinado à criança será aquele que ela percorrerá ao longo de toda a vida. Certamente você ainda guarda, com gratidão ou nostalgia, algumas lições aprendidas em sua infância. Talvez seja para essas lições que se volta quando passa por dificuldades ou deve fazer escolhas exigentes. Agora, é sua vez de oferecer à sua criança algo que se inscreverá no seu interior e a acompanhará por toda a vida. As coisas que carregamos dentro de nós jamais nos serão tiradas. Ao compartilhar com seu filho, ou neto, a sua fé, os seus valores, você os estará capacitando para os momentos mais importantes que virão pela frente.

Leia esta Bíblia com seu pequeno! Converse sobre essas histórias com ele; reze com ele essas palavras. Que lição maravilhosa ele aprenderá ao ver seu pai, sua mãe ou seus avós rezando ao seu lado! Ele aprenderá que em todas as circunstâncias da vida temos Alguém em quem buscar apoio e paz. Tenho certeza de que você sabe o quanto isso é precioso.

Que a leitura desta Bíblia seja uma oportunidade preciosa para aproximar sua criança de você e de Deus. Que ela encontre nessas palavras e na sua companhia uma fonte de encorajamento e fé que venha a fluir por toda a vida. Que transmitir, por fim, à nova geração sua crença e seus valores renove em seu coração a certeza da importância da missão que Deus lhe confiou.

Deus os abençoe, e boa leitura!

Pe. Antonio José

ANTIGO TESTAMENTO

Lá no começo...

Lá no começo, não havia nada. Quer dizer, havia Deus. Só Deus e nada mais. Por isso, não se via coisa alguma, não se ouvia som nenhum... É difícil até imaginar!

Era tudo escuridão e silêncio, escuridão e silêncio,
escuridão e silêncio...

Então, Deus criou um Sol bem quente.

Depois, uma lua bem bonita.

E foi assim que o mundo começou.

“Não coma desta fruta!”

Deus, muito bondoso, encheu o mundo de peixes, de aves e de outros animais. Sim, todos esses animaizinhos que vemos hoje foram pensados por Ele! Por fim, Deus criou o primeiro homem e a primeira mulher.

Eles foram chamados de Adão e Eva e colocados num lugar chamado Jardim do Éden.

Nesse jardim, que era lindíssimo, morava também uma serpente muito astuta. Ela sabia que Deus tinha proibido Adão e Eva de comer uma fruta que havia nascido no meio do Jardim do Éden. E o que essa serpente fez? Convenceu Eva a comê-la!

Eva ergueu a maçã até a boca, deu uma mordida e a ofereceu a Adão, que também a comeu.

Daí em diante, muita coisa começou a dar errado para os dois, pois tinham desobedecido a única coisa que Deus tinha pedido a eles.

Noé e sua arca

Anos depois, Deus teve mais motivos para ficar triste: as pessoas não andavam se comportando bem... Elas estavam agindo tão mal que Deus resolveu dar um basta naquilo tudo.

"Vou fazer chover bastante, para lavar o que há de errado e começar o mundo todo de novo", pensou Ele.

Só que havia na terra um homem chamado Noé.
Ele e sua família eram muito bons, e por isso
Deus não queria que acontecesse nada de errado com eles.
Seria muito injusto, não é mesmo? Então, Deus disse a Noé:

— Construa uma arca. Coloque nela sua família
e um casal de cada espécie de animal que existe no mundo.

Desse modo, quando a tempestade caiu e o mundo ficou debaixo d'água, Noé e sua família nada sofreram.

Abraão

Abraão e sua esposa Sara eram pessoas muito boas. Eram também muito velhinhos! Porém, nem tudo havia sido alegria para eles: embora quisessem muito ter um filho, jamais conseguiram. Eles sofriam tanto por isso...

Deus, então, prometeu a Abraão que ele seria pai de uma grande nação e que teria um filho, mas, para isso, precisaria deixar sua terra natal e confiar no Senhor. Abraão tinha muita fé e obedeceu a Deus sem pensar duas vezes.

Como Deus sempre cumpre suas promessas,
Abraão e Sara tiveram um filho chamado Isaac.

Isaac e Rebeca

Abraão queria que Isaac se casasse com alguém de sua terra natal. Ele então enviou para lá um servo com dez camelos. Cansado por conta da viagem, esse servo chegou a uma fonte e rezou:

— Meu Deus, que a moça que trouxer água para mim e para meus camelos seja a mulher certa para Isaac!

Uma jovem chamada Rebeca apareceu e pegou água para o servo e para os camelos. Deus tinha ouvido a oração do servo! Rebeca, então, retornou com ele e se casou com Isaac.

Esaú e Jacó

Isaac e Rebeca tiveram gêmeos, isto é, dois irmãos iguaizinhos: Esaú e Jacó. Esaú foi quem saiu primeiro da barriga de Rebeca.

Quando Isaac já estava bem velho e cego, prestes a morrer, quis abençoar Esaú. Era costume que o pai abençoasse o filho que tivesse nascido primeiro. Acontece que Rebeca deu um jeito de fazer com que ele abençoasse Jacó em seu lugar!

Esaú ficou furioso, pois a bênção do pai significava muito para os judeus daquela época.

Rebeca, então, mandou Jacó para longe, e já em terras distantes Jacó teve um sonho. Nele, Deus lhe disse:

— Eu darei a você e a seus filhos a terra em que você se encontra. Cuidarei de você onde quer que você esteja.

Jacó confiou em Deus, se casou e teve filhos.
Esaú também o perdoou pelo que ele tinha feito.

José do Egito

Jacó teve doze filhos, mas José era o seu favorito, e por isso deu a ele uma roupa toda especial: uma túnica colorida! Além disso, José tinha sonhos enviados diretamente por Deus. Imaginem só como deve ser dormir e receber mensagens vindas do céu! Incrível, não é?

Por essa razão, seus irmãos ficavam com ciúme e queriam se livrar dele. Para conseguir isso, venderam José como escravo a um grupo de viajantes que ia ao Egito e disseram a Jacó que seu filho predileto tinha morrido.

Acontece que, no Egito, José se tornou um servo muito competente do faraó. Anos depois, ele salvou a nação inteira da fome e ficou muito famoso. Nessa mesma época, José também descobriu que seus irmãos tinham mudado e haviam se tornado pessoas boas.

Assim, ele os perdoou, e todos puderam viver juntos novamente, ao lado de Jacó.

Moisés

Um novo faraó governava o Egito. Quando percebeu que os israelitas eram poderosos, ficou com muito medo. Por isso, fez deles escravos. Depois, deu uma ordem muito má: que todo menino nascido de mãe israelita fosse afogado!

Para proteger seu filho pequenino, uma dessas mães deitou o menino numa cesta e o colocou no rio Nilo, para que as águas o carregassem. A cesta foi encontrada pela filha do faraó, que deu à criança o nome de Moisés.

Moisés cresceu, descobriu sua origem israelita e ficou muito bravo ao ver como seu povo estava sendo tratado pelos egípcios.

Então, de um arbusto em chamas, ele ouviu a voz de Deus, que pedia que Moisés fosse encontrar seu irmão, chamado Aarão, e que salvasse seu povo.

Abrindo o Mar Vermelho!

Moisés e Aarão disseram ao faraó que Deus queria seu povo livre da escravidão. O problema é que o faraó não acreditava em Deus.

— Eu farei com que o faraó liberte o meu povo! — disse Deus, então.

Logo, um monte de coisas ruins começou a acontecer no Egito.

Por causa disso, o faraó libertou os israelitas, mas logo mandou seus soldados irem atrás deles. Não havia como escapar!
Ou será que havia?

Para Deus, há sempre uma solução, e Ele pediu que Moisés levantasse os braços diante do Mar Vermelho.

Quando Moisés fez isso, o mar se abriu,
e os israelitas conseguiram fugir pelo caminho aberto na água!

Os dez mandamentos

Moisés e os israelitas armaram suas tendas. Deus então lhes revelou que eles eram seu povo escolhido.

— Eu amo muito vocês. Vocês vão seguir minha palavra? — perguntou Ele.

E todos disseram que sim. Em seguida, Deus quis dar a eles dez leis especiais. Nós conhecemos essas leis como "mandamentos", e foi Moisés quem explicou cada um dos mandamentos para seu povo.

AMEM A DEUS ACIMA DE TODAS AS OUTRAS COISAS.

NÃO USEM O NOME DE DEUS EM VÃO.

RESPEITEM OS DIAS DE FESTA E DE DESCANSO.

HONREM SEUS PAIS E SUAS MÃES.

NÃO MATEM OUTRAS PESSOAS.

MANTENHAM A PUREZA DO CORAÇÃO.

NÃO ROUBEM NADA DE NINGUÉM.

NÃO CONTEM MENTIRAS.

OS MARIDOS E AS MULHERES DEVEM GUARDAR SEU AMOR APENAS UM PARA O OUTRO.

NÃO DESEJEM O QUE É DE OUTRA PESSOA.

I
II
III
IV
V
VI
VII
VIII
IX
X

As muralhas de Jericó

Quando Moisés morreu, Deus escolheu Josué como novo líder dos israelitas. Josué ficou preocupado com tamanha responsabilidade, mas Deus garantiu que sempre estaria ao seu lado.

Um dia, Josué enviou dois espiões para Jericó, cidade que eles precisavam conquistar antes de chegar à terra que Deus tinha prometido ao Seu povo.

Só que havia muralhas muito altas ao redor de toda essa cidade. O que fazer, então?

Deus disse a Josué exatamente o que era preciso ser feito.

E, quando os israelitas
cumpriram as indicações de Deus,
as muralhas de Jericó caíram!

Sansão

Muito tempo se passou. E, mesmo depois de Deus ter ajudado tanto os israelitas, eles se esqueceram desse Senhor tão bom. Por causa disso, um povo conhecido como filisteus acabou dominando os israelitas durante quarenta anos.
Quarenta anos é muito tempo, não acham?

Durante esse período, um casal que desejava muito engravidar recebeu a visita de um anjo. Esse anjo disse que os dois teriam um filho que ajudaria a proteger os israelitas.

O nome desse filho era Sansão. Sansão era tão forte, mas tão forte que chegou a matar um leão usando apenas as mãos! Foi com essa força que ele combateu os filisteus.

Samuel

Ana era israelita e sempre rezava a Deus pedindo um filho.

Deus quis demonstrar sua bondade mais uma vez e deu um filho para Ana! Seu nome era Samuel. Deus o escolheu para liderar os israelitas.

Acontece que os israelitas queriam um rei, e por isso Samuel começou a procurar. Um dos homens que encontrou foi Saul, mas Saul ficou presunçoso demais. Deus, então, pediu que as buscas continuassem.

Depois de continuar sua procura,
Samuel enfim encontrou Davi, um jovem pastor.

— É ele o escolhido! — disse Deus.

Davi e Golias

Davi continuou a cuidar do rebanho de seu pai. Ele tinha muita habilidade com o estilingue e gostava de tocar harpa.

Um dia, chegou a notícia de que os filisteus estavam próximos.

Um gigante chamado Golias gritava:

— Onde está o grande corajoso de Israel? Se ele me matar, seremos todos escravos de vocês! — E ele ria e zombava dos israelitas...

Davi então se dispôs a lutar contra Golias. Quando Golias viu Davi, começou a gargalhar! Afinal, Davi era tão mirradinho...

Só que Golias não contava com a habilidade de Davi, que lhe acertou uma pedra na cabeça, com um estilingue.

Golias caiu para trás e não resistiu. Os israelitas tinham vencido!

Davi, rei de Israel

O rei Davi fez de Jerusalém a cidade de Deus. Davi era um líder maravilhoso, mas se apaixonou por Betsabé, uma mulher casada! Isso ia contra um dos mandamentos de Deus, lembram?

E não foi só isso o que Davi fez de errado. Ele também cometeu outra maldade daquelas: mandou matar o marido de Betsabé!

Quando caiu em si, Davi ficou muito arrependido pelo erro que tinha cometido. No que ele estava pensando ao fazer tamanha maldade?! Como Davi realmente estava se sentindo mal pelo seu erro e estava disposto a se emendar, Deus o perdoou.

Salomão, o mais sábio dos reis

Caberia a um dos filhos de Davi, Salomão, a tarefa de construir um templo para Deus. Seus outros filhos, porém, tentaram tomar o lugar de Davi à frente do reino, embora aquele fosse um reino poderosíssimo. Davi resistiu ao ataque dos filhos e declarou que seu sucessor seria Salomão.

Antes de morrer, o rei Davi disse a Salomão que ele deveria ser um rei bem forte. Também deveria confiar muito em Deus e cumprir Seus mandamentos.

— Desse modo — disse ele —, Deus cumprirá a promessa de que meus descendentes governarão esta nação!

Salomão amava a Deus. Um dia, ele teve um sonho em que pediu sabedoria ao Senhor, de modo que pudesse ser alguém bom e tomar as decisões certas. Deus gostou muito desse desejo de Salomão, que então se tornou um grande rei, sem jamais esquecer que sua sabedoria vinha de Deus.

O templo que Salomão construiu

Salomão construiu um templo para Deus. Foram necessários sete anos para que ficasse pronto, mas valeu a pena, pois era um templo maravilhoso. Ele era todo decorado, com figuras esculpidas, flores, palmeiras. Havia ouro por toda parte!

Salomão, então, decidiu fazer uma celebração especial.

— Senhor, Deus de Israel, escute as orações de Seu povo! Nunca deixe de ouvir Seu povo e de ajudá-lo!

Em seguida, Salomão se voltou para o povo e disse:

— Vocês devem sempre ser fiéis a Deus e obedecer aos Seus mandamentos!

Salomão não cumpre sua promessa

Israel prosperou bastante durante o reinado de Salomão. Ele construiu muitos palácios de beleza inigualável. Só que, para pagar tudo isso, gastou muito dinheiro e cobrou taxas altíssimas de seu povo.

Salomão também se casou com princesas estrangeiras e construiu templos para deuses que não eram o único Deus verdadeiro. E Deus ficou muito triste, é claro.

Ele então disse a Salomão:

— O reino de Israel será tirado das mãos de seu filho, pois você não cumpriu meus mandamentos!

E, à medida que o tempo foi passando, foi exatamente isso que aconteceu.

A batalha de Elias

Quando Salomão morreu, Israel ficou dividido, pois nenhum dos reis locais era fiel ao verdadeiro Deus. Um desses reis e sua esposa chegavam a adorar um ídolo chamado Baal. A rainha, inclusive, havia matado muitos amigos de Deus conhecidos como "profetas". Um deles, porém, conseguiu escapar. Seu nome era Elias.

O profeta Elias disse ao povo que não haveria chuva até que Deus quisesse. Ou seja, o povo dali poderia passar fome, pois as plantas não dariam alimentos se não houvesse água! Todos ficaram bravos com Elias, então ele fugiu para perto de um riacho. Deus mandou corvos levarem comida para ele e o protegeu durante três anos.

Quando Elias voltou, o povo estava faminto — e nada do tal Baal fazer alguma coisa. Elias desafiou todos a provarem a existência desse outro deus. Mas já estava claro para o povo que só havia um Deus, aquele que Elias anunciava.

E todos declararam, seguindo as palavras de Elias:

— O Senhor é o único Deus!

A promessa de Isaías

Cem anos depois da morte de Elias, o povo de Deus voltou a passar dificuldades, e a terra de Israel ficou dividida de novo... Parece que os israelitas nunca aprendiam com seus erros! Deus, então, que nunca abandonava Seu povo, enviou o profeta Isaías. Ele devia ajudar o rei Ezequias a salvar Jerusalém. E Isaías fez ao povo de Jerusalém uma promessa muito importante:

— Um filho nascerá! Um menino nos será dado!
Ele será chamado Deus forte, Pai eterno, Príncipe da paz.
Seu reino não terá fim! A paz não terá fim!

Daniel e os leões

O povo continuou a desobedecer a Deus, que quis ensinar às pessoas como é importante estar sempre pensando nas coisas d'Ele. Deus permitiu, então, que o rei da Babilônia conquistasse Jerusalém.

As pessoas foram levadas como prisioneiras, entre elas um jovem chamado Daniel. Ele e alguns amigos foram escolhidos para servir na corte real.

Tempos depois, a Babilônia foi capturada pelos persas. Daniel se tornou um conselheiro de destaque, o que fez com que os outros conselheiros ficassem com inveja.

Essa gente maldosa decidiu enganar Daniel e conseguiu levar o rei a se voltar contra ele, lançando-o aos leões! Só que Deus, é claro, sabia que Daniel o amava muito, e por isso fez com que os leões não devorassem o seu protegido.

Com isso, todos viram que o Deus amado por Daniel era o único Deus verdadeiro, o Deus todo-poderoso!

Jonas e a baleia

Deus queria que Jonas fosse à cidade de Nínive para dizer coisas boas ao povo de lá e fazer com que as pessoas acreditassem n'Ele. Só que Jonas O desobedeceu! Deus, é claro, não ficou nem um pouco feliz com isso.

Ele fez com que uma grande tempestade caísse quando Jonas estava num navio, no meio do mar. Jonas sabia que a culpa era sua e, para não prejudicar os outros passageiros, pediu que o jogassem no mar.

Jonas caiu na água e foi engolido por uma enorme baleia. Isso mesmo: uma baleia engoliu Jonas! Durante três dias ele ficou lá dentro. Então, começou a rezar.

Deus, que gosta muito de quando nos arrependemos de nossos erros, o perdoou e fez com que a baleia o deixasse sair. Depois, Jonas finalmente cumpriu o pedido que Deus lhe tinha feito e foi a Nínive.

O povo de Nínive, ouvindo o que Jonas tinha dito, passou a amar a Deus do fundo de seu coração.

A promessa de Deus

Com o passar dos anos, muita gente acabou se esquecendo de Deus e de suas leis — mais uma vez! Mas, ainda assim, Deus não desistia de mostrar às pessoas que elas jamais seriam felizes sem Ele. Deus enviava seus profetas para dizer a cada pessoa que era preciso melhorar e fazer as coisas certas.

Um desses profetas teve uma missão especial. Seu nome era Miqueias, e ele contou ao povo sobre uma promessa que Deus havia feito:

— Deus enviará um governante para Israel, e esse governante virá da cidade de Belém!

Hoje, nós sabemos que esse governante não era um governante comum. Ele estava falando de Jesus, a pessoa mais importante que já esteve entre nós.

NOVO TESTAMENTO

O nascimento de Jesus

Um dia, o anjo Gabriel visitou Maria, uma jovem que tinha sido preparada por Deus para uma missão especial.

— Maria! Você é uma privilegiada e recebeu todas as graças de Deus! Deus gostaria que você carregasse na barriga o filho d'Ele. Você aceita? — perguntou Gabriel.

Maria queria tudo o que Deus queria. Por isso aceitou, dizendo:

— Eis aqui a serva do Senhor!

Maria estava prometida a José, um homem muito justo e muito bom. Um anjo apareceu para José enquanto ele estava dormindo e, em sonho, contou a ele tudo o que Deus tinha planejado.

Um dia, José e Maria precisaram ir a Belém.
A gravidez já estava quase no fim! José bem que tentou arrumar um lugar para Maria ter o bebê, mas todas as estalagens estavam lotadas. Ele, então, acomodou a esposa numa pequena gruta que servia como estábulo. Ali, numa manjedoura, em meio aos animais, nasceu Jesus, o Filho de Deus.

Os três reis magos

O nascimento de Jesus era tão importante que, no céu, uma grande estrela surgiu. Era uma estrela mais brilhante do que as outras, e ela estava ali para dar a notícia do nascimento de Jesus a três sábios do Oriente.

Eles viram a estrela e sabiam o que significava: um grande rei tinha nascido! Então, seguiram aquela luz durante dias e noites, até chegarem a Belém.

Ali, encontraram o menino Jesus com sua mãe.
Eles deram ao menino três presentes: ouro, incenso e mirra.

Jesus é batizado por João Batista

Deus tinha escolhido um homem chamado João Batista para anunciar a todos que Jesus estava chegando. As pessoas vinham de todos os lugares para ouvir João falar.

— O reino de Deus está próximo — dizia ele. — Vocês todos devem voltar o coração para Deus! E, como símbolo dessa mudança de vida, venham aqui ao rio Jordão se batizar!

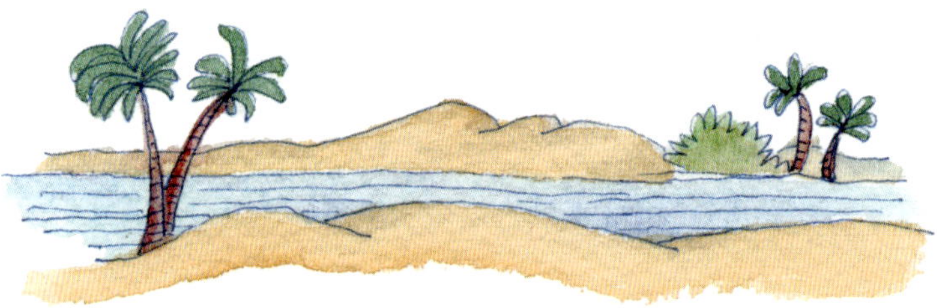

Um dia, Jesus apareceu por ali. João sabia que ele era o rei que Deus tinha prometido. E, mesmo sendo tão poderoso, Jesus quis que João o batizasse. Depois que Jesus saiu da água, uma pomba apareceu acima de sua cabeça, e todos ouviram a voz de Deus, que dizia:

— Este é o filho que eu amo tanto!

As bodas de Caná

Um dia, Jesus e seus seguidores foram convidados para um casamento. Sua mãe, Maria, também estava lá, assim como muitos amigos e conhecidos.

Maria era uma mulher muito atenta, pois sempre queria o melhor para todos, assim como Jesus. No meio da festa, ela percebeu que o vinho iria acabar. Foi então contar o problema para Jesus, pois ninguém confiava tanto nele como Maria.

Jesus pediu que os criados enchessem alguns jarros de água. Quando o responsável pelo serviço foi provar a bebida... ela havia se transformado em vinho! E não num vinho qualquer, mas no melhor vinho de todos!

Os discípulos de Jesus ficaram admirados.
Esse foi o primeiro milagre do Filho de Deus, e muita gente começou a acreditar nele ali mesmo.

Os doze apóstolos

Todo mundo começou a ouvir falar de Jesus. Ele caminhava por toda parte e falava a muitas, muitas pessoas. Jesus não se cansava!

Ele também queria estar cercado de amigos especiais. Nós também gostamos de ter amigos por perto nos bons e nos maus momentos, não gostamos? Pois então!

Esses amigos de Jesus o ajudariam na sua missão e veriam todas as coisas maravilhosas que ele faria. Esses amigos eram os apóstolos, e Jesus escolheu doze pessoas para serem seus apóstolos.

Acalmando as águas

Um dia, Jesus e seus seguidores precisaram andar de barco. Jesus aproveitou para descansar um pouco e dormiu.

Só que logo o vento ficou mais forte, mais forte, mais forte... A água, que estava tranquila, começou a se transformar em ondas imensas. Jesus, porém, continuava a dormir. Seus discípulos começaram a gritar:

— Mestre! Acorde! Nós vamos morrer!

Jesus acordou, ficou de pé e disse para as águas:

— Acalmem-se!

A tempestade e o vento pararam imediatamente! Todo mundo ficou de queixo caído.

— Vocês não precisam ter medo quando eu estou por perto — disse Jesus aos discípulos.

Esta é uma lição que devemos aprender também, pois Jesus está sempre perto da gente.

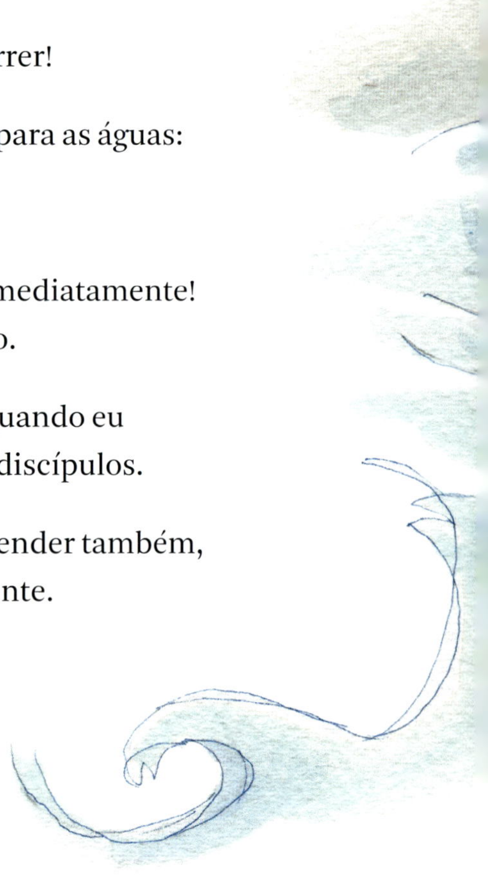

Muitos doentes são curados

Jesus, para demonstrar seu amor por todos, curava muitos doentes. Essa era também uma forma de mostrar que nada era impossível para ele. Por causa disso, multidões vinham ouvi-lo falar e pedir sua ajuda.

Um homem, certa vez, chegou bem perto de Jesus e pediu:

— Por favor, Senhor, me ajude! Minha única filha está morrendo!

Jesus ficou com muita pena daquele pai e o seguiu. Só que havia tanta gente ali que não deu tempo: vieram avisar que a menina havia morrido!

O homem ficou muito triste, mas Jesus lhe falou:

— Nada de tristeza! Confie em mim. Sua filha está apenas dormindo.

Nesse momento, a filha daquele homem acordou.

Jesus multiplica os pães e os peixes

Um dia, Jesus estava ensinando às margens do mar da Galileia. Todos estavam tão concentrados que nem perceberam que já estava ficando tarde e não tinham nada para comer! Havia ali cinco mil pessoas ao redor de Jesus. Imagine tanta gente assim com fome! Não ia ter comida que bastasse!

Um garotinho, porém, tinha cinco pedaços de pão e dois peixes. Para Jesus, era o bastante. Ele pegou aquele pouquinho de comida, agradeceu a Deus e deu os pães e peixes a seus discípulos. Os discípulos, então, começaram a distribuir a comida, e ela não acabava nunca!

No fim, todo mundo comeu e ficou satisfeito.
E ainda sobraram doze cestos de comida!

Uma lição de bondade

Os líderes religiosos dos judeus ficaram com inveja de Jesus. Afinal, todas as pessoas estavam maravilhadas com as palavras de Jesus e queriam segui-lo!

Um dia, alguém perguntou a Jesus:

— Senhor, Deus nos manda amar o próximo. Mas quem é esse próximo?

Jesus adorava contar histórias, e nós chamamos essas histórias de “parábolas”. Então, para responder àquela pergunta, ele contou a parábola do Bom Samaritano:

— Um homem estava andando quando algumas pessoas más bateram nele e o deixaram muito, mas muito mal. Um sacerdote e um grande erudito passaram perto dele, mas não o ajudaram. Por fim, passou um samaritano, que limpou suas feridas e o levou para uma hospedaria.

Com o exemplo do samaritano, Jesus quis mostrar o que é ser um bom amigo.

— Vocês todos devem ter esse mesmo cuidado com os outros — disse ele.

A história de Lázaro

Lázaro era um grande amigo de Jesus. Acontece que um dia ele ficou muito doente. Jesus e seus seguidores foram visitá-lo, mas já era tarde demais.

Quando chegaram lá, as irmãs de Lázaro já choravam a sua morte! Ele tinha sido enterrado havia quatro dias.

Vendo como todos estavam tristes, Jesus também chorou.

Mas ele sabia bem o que fazer. Depois de rezar a Deus, Jesus disse bem alto:

— Lázaro, venha aqui para fora!

E, então, Lázaro saiu. Lázaro estava vivo!

A maldade de Judas

Jesus pediu que os apóstolos começassem a preparar a celebração da Páscoa. O problema é que um deles tinha deixado de ser uma pessoa boa e de praticar o que Jesus ensinava. Judas não acreditava mais que Jesus era o Filho de Deus e foi falar com as pessoas que não gostavam daquele mestre tão bondoso.

— Quanto vocês me pagariam para eu entregar Jesus a vocês? — perguntou Judas. — Assim vocês podem prendê-lo!

— Trinta moedas de prata — disseram aqueles homens.

Assim, ficou combinado que Judas diria aos inimigos de Jesus onde o Filho de Deus poderia ser capturado.

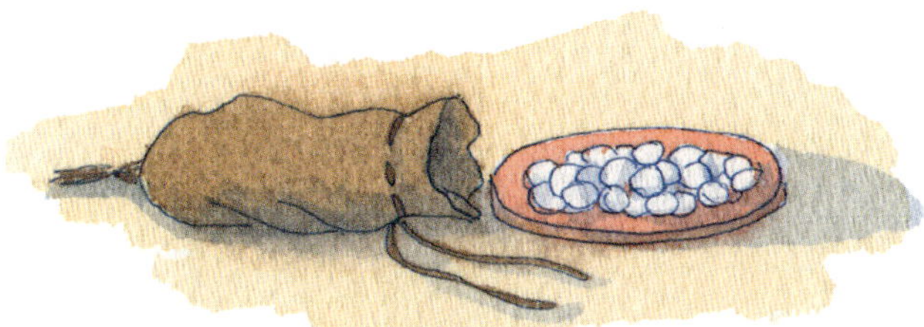

A Última Ceia

Jesus estava sendo procurado por seus inimigos e sabia o que iria acontecer. Ainda assim, quis comemorar a Páscoa com seus discípulos. Naquele momento, Jesus mostrou mais uma vez o quanto amava seus amigos — e também a todos nós!

Durante a Última Ceia, Jesus lavou os pés de seus seguidores, mostrando que devemos sempre servir e ajudar os outros.

Além disso, ele revelou a todos um grande milagre que aconteceria até o fim dos tempos e que podemos ver todo dia na Missa: o pão e o vinho se tornando o corpo e o sangue de Jesus, mas sem perder a aparência de pão e de vinho!

No meio dessa refeição, Judas saiu para cumprir o que tinha prometido aos inimigos de Jesus. Ele ia contar onde eles poderiam prender seu mestre.

Jesus é abandonado por todos

Quando a Última Ceia terminou, Jesus levou seus amigos a um jardim muito tranquilo. Ele queria rezar um pouco e se preparar para a maldade que estava prestes a acontecer. Jesus aproveitou e chamou três dos seus discípulos para ficarem mais perto e rezarem também.

Jesus rezou, rezou e rezou, enquanto os três discípulos não aguentaram de sono e dormiram. Mal sabiam o que estava prestes a acontecer! Logo, Jesus começou a ouvir vozes de soldados. Estavam vindo prendê-lo! Era Judas quem havia dito onde Jesus se encontrava.

Aqueles guardas prenderam Jesus, e todos os seus discípulos fugiram com medo. Jesus estava sozinho. Logo ele, que só queria o bem de todos!

Jesus é condenado à morte

Jesus foi levado para o meio de alguns sacerdotes judeus. Esse grupo de maldosos não queria saber de justiça, mas apenas de fazer mal ao Filho de Deus! Por isso, inventaram um monte de desculpas para condenar Jesus à morte.

Os soldados romanos machucaram Jesus de todas as formas possíveis. Para humilhá-lo ainda mais, colocaram nele uma coroa de espinhos bem afiados. Depois, Jesus teve de carregar uma cruz de madeira muito, mas muito pesada. Foi nessa cruz que o crucificaram.

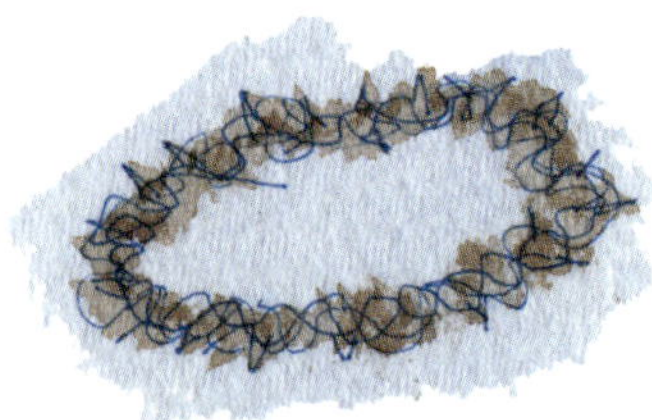

Mesmo prestes a morrer, Jesus mostrou o quão bom era. Dali do alto, pediu a Deus que perdoasse todas aquelas pessoas que lhe faziam maldades. Também olhou para sua mãe, Maria, que estava por perto, e confiou a ela um de seus discípulos, chamado João. Ao fazer isso, Jesus quis mostrar para todos nós que Maria é nossa mãe também e que podemos contar com ela em todos os momentos da nossa vida.

Às três horas da tarde, Jesus morreu. Quanta tristeza!

Onde está Jesus?

Dois seguidores de Jesus pediram para retirar o corpo dele da cruz e colocá-lo numa pequena gruta, que foi fechada com uma pedra pesadíssima. O mundo todo parecia estar em silêncio...

No domingo seguinte, Maria Madalena e outras mulheres foram até o túmulo. Queriam colocar perfumes no corpo de Jesus. Gostavam tanto dele! Só que algo muito estranho havia acontecido. Aquela pedra pesadíssima tinha sido rolada para o lado! Quem tinha conseguido abrir aquele túmulo? Quando elas entraram, viram um anjo onde o corpo de Jesus esteve.

— Jesus ressuscitou! Ele não está mais morto! Está vivo! — disse o anjo.

Que alegria! Jesus ressuscitou!

O Espírito Santo vem!

Cristo apareceu muitas vezes a seus discípulos depois de ter ressuscitado. Ele ia ensinando seus discípulos, dizendo tudo o que deveriam fazer dali em diante.

Um dia, a caminho de Betânia, cidade de que Jesus tanto gostava, ele subiu aos céus, onde se encontra desde então. Até hoje o corpo de Jesus carrega as cicatrizes das maldades que foram feitas contra ele!

Algum tempo depois, os discípulos se reuniram junto de Maria. Eles estavam rezando quando um vento muito forte soprou e caíram línguas de fogo do céu! Jesus havia prometido que enviaria o Espírito Santo, e aquela hora enfim tinha chegado!

Com o Espírito Santo, todos nós que amamos Jesus podemos cumprir o que ele nos pediu: que contássemos para o mundo todo como Deus é bom!

Direção editorial
Daniele Cajueiro

Editor responsável
Hugo Langone

Produção editorial
Adriana Torres

Revisão
Luiz Felipe Fonseca
Glorinha Madeira

Capa, projeto gráfico e diagramação
Sergio Campante

Este livro foi impresso em 2020
para a Petra.